大野狼阿公

國家圖書館出版品預行編目資料

大野狼阿公 / 方梓文；吳健豐圖．－－初版一刷．－－
臺北市；三民，民91
　　面；　　公分－－(兒童文學叢書.童話小天地)

ISBN 957-14-3585-6　(精裝)

859.6　　　　　　　　　　　91000643

© 大野狼阿公

著作人　方梓
繪圖者　吳健豐
發行人　劉振強
著作財
產權人　三民書局股份有限公司
　　　　臺北市復興北路三八六號
發行所　三民書局股份有限公司
　　　　地址／臺北市復興北路三八六號
　　　　電話／二五○○六六○○
　　　　郵撥／○○○九九九八——五號
印刷所　三民書局股份有限公司
門市部　復北店／臺北市復興北路三八六號
　　　　重南店／臺北市重慶南路一段六十一號
初版一刷　中華民國九十一年二月
編　號　S 85599
定　價　新臺幣肆佰元整
行政院新聞局登記證局版臺業字第○二○○號

有著作權　不准侵害

ISBN　957-14-3585-6　(精裝)

網路書店位址：http://www.sanmin.com.tw

滿天星斗
（主編的話）

不知道你有沒有聽過這個故事？

從前從前夜晚的天空，是完全沒有星星的，只有月亮孤獨地用盡力氣在發光，可是因為月亮太孤獨、太寂寞了，所以發出來的光也就非常微弱暗淡。那時有一個人，擁有所有的星星。她不是高高在上的國王，也不是富甲天下的大富翁，她是一個名叫小絲的女孩。小絲的媽媽總是在小絲入睡前，念故事給她聽，然後，關掉房間的燈，於是小絲房間的天花板，就出現了滿是閃閃發亮的星星。小絲每晚都在星光中走入甜美的夢鄉。

有一天，小絲在學校裡聽到同學們的談話。

「我晚上都睡不著覺，因為我房間好暗，我怕黑。」一個小男孩說。

「我也是，我房間黑得像密不透氣的櫃子，為什麼月亮姐姐不給我們多一些光亮？」另一個小女孩說。

那天晚上，小絲上床後，當媽媽又把電燈關熄，房中的天花板上又滿是星光閃爍時，小絲睡不著了，她想到好多好多小朋友躺在床上，因為怕黑而睡不著覺，她心裡好難過。她從床上爬起來，走到窗前，打開窗子，對著月亮說：「月亮姐姐啊，您為什麼不多給我們一些光亮呢？」

「我已經花好大的力氣，想要把整個天空照亮，可是我只有一個人啊！整個晚上要在這兒，我覺得很寂寞，也很害怕。」月亮回答。

「啊！真對不起。」小絲很抱歉，錯怪了月亮。可是她心裡也好驚訝，像月亮姐姐那麼美，那麼大，又高高在上，也會怕黑、怕寂寞！

小絲想了一會兒，對著月亮說：「月亮姐姐，您要不要我的星星陪伴您呢？星星會不會使天空明亮一些？」

「當然會啊！而且也會使我快樂一些，我太寂寞了。」月亮高興的回答。

小絲走回房間，抬頭對著天花板上，天天陪著她走入甜美夢鄉的星星們說：「你們應該去幫忙月亮，我雖然會很想念你們，但是每天晚上，當我看著窗外，也會看到你們在天空閃閃發亮。」小

I

絲對著星星們，含淚依依不捨的說著：「去吧！去幫月亮把天空照亮，讓更多小朋友都看到你們。」

從此，天空有了星光。月亮也因為有了滿天的星斗相伴，而不再寂寞害怕。

每當我重複述說著這個故事時，不論是大人或小孩心中都會洋溢著溫馨，也都同樣地盪漾著會心的微笑。

童話的迷人，正是在那可以幻想也可以真實的無限空間，從閱讀中也為心靈加上了翅膀，可以海闊天空遨遊。這也是我始終對童話故事不能忘情，還找有志一同的文友們為小朋友編寫童話之因。

這一套童話的作者不僅對兒童文學學有專精，更關心下一代的教育，出版與寫作的共同理想都是為了孩子，希望能讓孩子們在愉快中學習，在自由自在中發展出內在的潛力。

想知道小黑兔到底變白了沒有？小虎鯨月牙兒可曾聽見大海的呼喚？森林小屋裡是不是真的住著大野狼阿公？在「灰姑娘」鞋店裡買得到玻璃鞋嗎？無賴小白鼠又怎麼會變成王子？細胞裡的歷險有多刺激？土撥鼠阿土找到他的春天了嗎？還有流浪貓愛咪和小女孩愛米麗之間發生了什麼事？……啊！太多精采有趣的情節了，在這八本書中，我一讀再讀，好像也與作者一起進入了他們所創造的故事世界，快樂無比。

感謝三民書局以及與我有共同理想的作家朋友們，他們把心中的美好創意呈現給大家。而最重要的是，如果沒有可愛的讀者，一再的用閱讀支持，《兒童文學叢書》不可能一套套的出版。

美國第一夫人羅拉・布希女士，在她上任的第一天，就專程拜訪小學老師，感謝他們對孩子的奉獻。曾經當過小學老師與圖書館員的她，很感謝小學老師的啟蒙，和父母的鼓勵。她提醒社會大眾，讀書是一生的受惠。她用自己從小喜愛閱讀的經驗，來肯定童年閱讀的重要收穫。

我因此想起了一個從小培養兒童文學的社會，有如那閃爍著星光，群星照耀的黑夜，不僅呈現出月亮的光華，也照耀著人生的長河。讓我們一起祈望，不論何時何地，當我們仰望夜空，永遠有滿天星斗，而不是只有孤獨的月光。

祝福大家隨著童話的翅膀，海闊天空任遨遊。

作者的話

身為母親的角色，好多年我的語言、行為幾乎是與兒童一樣。

兩個女兒小時候胃口都不好，餵一餐飯得花上兩個小時以上，為了哄女兒吃飯，我使盡招術，童言童語，把飯菜全說成了家族，飯爸爸、肉媽媽、菜姐姐等等想要滑進姐姐的胃滑梯；為了每晚讓女兒快樂入睡，說故事、唱兒歌是必要的工作，從安徒生童話、伊索寓言到中國民間故事、臺灣民間故事，幾乎全都講過了，不能免俗的，《小紅帽》的故事也在講述的範圍。

《小紅帽》的故事主要是讓小孩不要隨便跟陌生人交談；大野狼利用小紅帽善良與不設防的心理，就像壞人利用小孩的天真，為了不讓小孩受傷害，許多大人都會特別交代幼小的子女不可以隨便和陌生人講話。幾乎每個小孩都有個制式的印象，陌生人等於是壞人；好人、壞人不會顯示在臉上，不只小紅帽沒有辨別的能力，即使是大人也很難看清楚「面惡心善」或「面善心惡」。

作為兩個女兒的母親，在女兒每天都得聽一、二篇故事之下，我曾經為了找好的故事書煩惱過，除了安徒生童話、伊索寓言、民間故事，還有什麼呢？女兒小時候也曾問我，為什麼每個故事都是從前從前，昨天沒有故事嗎？明天呢？那麼講一個明天發生的故事。

故事，以前的事，當然不是發生在明天，也很少會是昨天才發生的事。明天有故事嗎？當然有，只是多年來聽《小紅帽》故事的小女孩長大了，我還是

沒有說過一個明天發生的「故事」。小紅帽一步一步的踏出家門，大野狼也消失無蹤，現在去公園不是帶女兒玩溜滑梯，而是溜狗。

　　從事創作多年，《大野狼阿公》卻是我的第一篇童話故事，故事的點子是來自為了取悅外孫女而學會說故事的阿公、阿媽，阿公甚至在阿媽對孫女講大野狼時，假扮成大野狼躲在門外。最初，我很難想像一向嚴肅的父親如何扮大野狼，害羞、靦腆的母親如何講故事？然而父親的改變，也讓我對童話故事中的大野狼有了不同的看法；其實有許多人是「面惡心善」，唯有天真無邪的心，才能突破防禦的心理，才能看到赤子之心。

　　這是一篇昨天發生的故事，也可能是明天發生的事。

方梓

兒童文學叢書
·童話小天地·

大野狼阿公

方　梓·文

吳健豐·圖

三民書局

傳　　說

　　山下小學一直耳語著「大野狼阿公」的傳說，從一年級到六年級。

2

庭庭剛讀一年級，上課一個月後，她就聽說了。同學還告訴她，就在她回家的路上那棟森林小屋裡，住著一個會吃人的大野狼阿公。

庭庭當然知道那棟森林小屋，就建在一大片田園的尾端，離馬路很遠很遠，院子裡幾棵很高很大的麵包樹，肥厚寬大的葉子完全遮住屋子。每一次庭庭和讀四年級的姐姐槿槿放學回家都特別放慢腳步，注視那棟森林小屋好一會兒。可是，從來沒有看過有人出現，只有幾次，遠遠的從院子裡傳來狗的吠聲。

庭庭問爸爸，那棟森林小屋是不是住著一個
大野狼阿公？爸爸大笑說：「現在哪有什麼
大野狼。」可是，同學說得繪聲繪影，姐姐的
同學還說，那個大野狼阿公把兩個小女生吃掉了。
爸爸說，他不認識森林小屋的人，也沒見過，
而且也沒聽說有人失蹤。

9

「大野狼阿公」的傳說一直進行著；
同學口中的大野狼阿公在晚上會變成一隻
大野狼，到小孩子的房間假裝是阿媽的
聲音叩門，然後進去把小孩子吃掉。

睡覺前，庭庭總是豎著耳朵，
仔細聽是否有人敲門。碰，門被打開來。
「大野狼阿公來了！」庭庭大叫一聲。
「神經病，是我啦！」
原來是姐姐槿槿進來拿東西。
「姐姐，今天晚上我跟妳一起睡好嗎？」
「好吧，反正我也有些怕怕的。」
姐姐順手抱起庭庭的棉被到隔壁她的房間。
躺在槿槿的床上，庭庭問姐姐：
「真的有大野狼阿公嗎？」
「不知道耶，同學都這麼說，
五年樹班的同學還說，
她們認識那兩個被吃掉的小女孩，
因為那兩個小女孩不見了。」
「那，大野狼阿公會不會來吃掉我們？」
庭庭有點害怕的把頭蒙進棉被裡。
「媽媽說，不要聽信謠言，不會有大野狼阿公，
如果有的話，早就被抓去關了。
唉，可是我也不知道該相信誰說的，
不過不用怕，爸媽就在隔壁，
很安全的啦。」

放寒假的前一天，槿槿和庭庭
正要走出校門時，槿槿四年花班的
同學安佳叫住她們：

　　「槿槿，這是妳一年草班的
妹妹庭庭對不對？有沒有膽子去
森林小屋探險？」

　　「只有妳一個人去喔？」

　　「當然不是，還有樂樂、平平
他們兩兄弟。」安佳指著校門口兩個
看起來大概是六年級的男生。

　　「好吧，不過去一下子就好，
太晚回家會被媽媽罵的。」
槿槿看著庭庭，庭庭點點頭，
一付很想去的樣子。

　　他們五個人走了一下子就到了森林小屋的
馬路邊。原本信心滿滿的他們，望著遠處的
森林小屋卻有些害怕。樂樂、平平兄弟
壯著膽喊：走吧！

　　當他們走到距離森林小屋只有一排教室
那樣寬的地方，突然一陣狗吠的聲音，
聽起來好像有很多隻狗要衝出來咬人的樣子。
樂樂和平平哇的大叫：「快逃呀！」拔腿往回跑。

　　安佳、槿槿和庭庭也驚慌得往回跑，就在
轉身的時候，庭庭好像看到二樓陽臺上，出現
一個老人，因為太害怕了，什麼也沒看清楚。

17

　　回到家仍舊驚魂未定。喘了口氣後，庭庭對槿槿說：「姐姐，我看到大野狼阿公了。」

　　「亂講，什麼也沒有，只有大狼狗。」槿槿搗著胸口邊喘氣邊說。

　　「真的，我看見一個老爺爺站在二樓陽臺上。」庭庭睜大眼睛，努力的要讓槿槿相信。

　　「那，他長得像大野狼嗎？」槿槿看著庭庭半信半疑。

　　「我太害怕了，沒看清楚，可是我真的看到一個老爺爺。」庭庭幾乎要發誓了。

　　「好吧，我相信妳就是了，不過，不可以告訴爸爸媽媽，知道嗎？」

大野狼阿公出現了

　　寒假很快就過去了。一開學，
同學之間除了詢問寒假到哪裡
去玩外，大野狼阿公的傳說，
還是一直在同學間流轉。
聽說幾個六年樹班的
男同學，在寒假去過
森林小屋，但是都和
樂樂、平平一樣，
被大狼狗嚇跑了。
除了庭庭外，
沒有人看過
大野狼阿公。

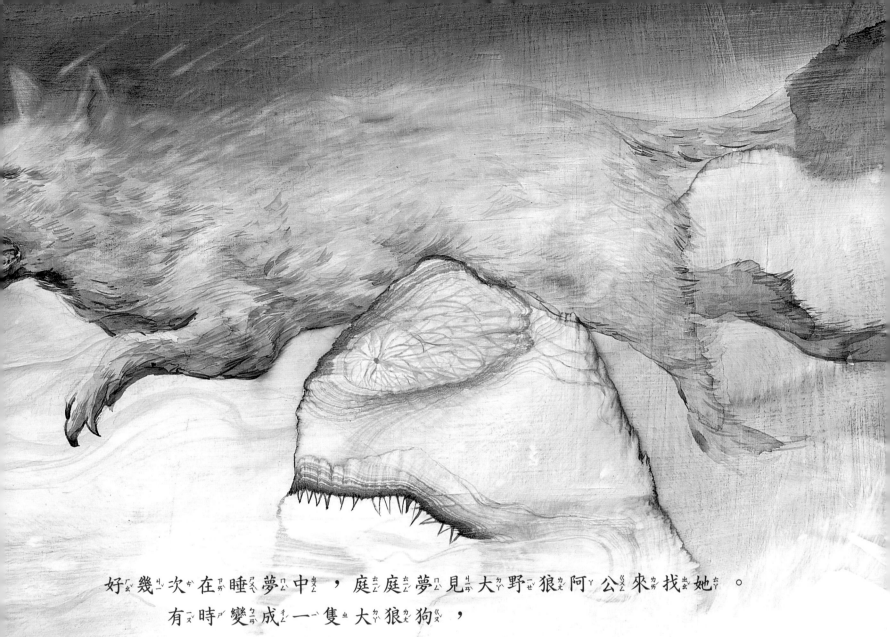

好幾次在睡夢中，庭庭夢見大野狼阿公來找她。

有時變成一隻大狼狗，

有時變成住在市區的阿媽，

有時就是一隻大野狼，

露著發亮白白的大尖牙、

張著利利的長爪子向她撲過來。

她總是尖叫著驚醒過來。

媽媽從隔壁房間衝過來，

邊拍拍她的胸口邊說：玩得太累了。

25

開學後，有很長的一段時間都下著雨，所以都是媽媽開車接送，槿槿和庭庭根本沒有時間多看森林小屋。

好多次，經過森林小屋，庭庭還特別提醒媽媽：那就是森林小屋，大野狼阿公的家。

可是，媽媽總是「嗯」的一聲，看都沒看的，
握著方向盤把車子開過去，好像只是路過
普通人的房子一樣。

快到端午節，天氣才放晴，槿槿和庭庭
終於又恢復走路上下學。

天氣越來越熱，下午的陽光好大好刺眼，
走在回家的路上，庭庭不知哪來的膽子，
突然對槿槿說：

「姐姐，我們再去森林小屋探險，好嗎？」

「不行啦，如果被大狼狗咬了，怎麼辦？」
槿槿一直搖頭。

「不會啦，院子的門是關著的，大狼狗
跑不出來，咬不到我們啦。」庭庭好像
很有把握的樣子。看來，媽媽說她
人小鬼大，還真沒說錯。

「好吧，萬一大狼狗或大野狼阿公
跑出來，要趕快跑喔，知道嗎？」
其實槿槿也很想看看到底
有沒有大野狼阿公。

29

　　當她們又走到一間教室那麼寬的距離時，
院子裡的狗又開始狂吠了。這次，槿槿和庭庭
壯著膽子沒有往回跑，也沒有尖叫，只是嚇得
停住腳步，動也不動。

　　果然，院子裡的大狼狗並沒有衝出來，只是
仍然狂吠不已。就在這時，陽臺上真的走出一個
老爺爺，喝住大狼狗。於是，大狼狗停止叫聲。

　　槿槿和庭庭緊張得幾乎要停止呼吸，
陽臺上的老爺爺，瘦瘦的，沒有笑容，
很兇的樣子，和外公不一樣，外公胖胖的，
整天笑哈哈的。陽臺上的老爺爺看了看她們，
什麼話也沒說，轉頭進到屋子裡。
　　槿槿和庭庭鬆了一口氣，突然醒過來似的，
往回跑，一口氣衝回家。

回到家後，緊張的氣氛沒了，轉成興奮。
她們倆大叫：我們看到大野狼阿公了。
只是，她們有點懷疑，那個有點兇的老爺爺
真的是傳說中會吃人的大野狼阿公嗎？
為什麼他沒抓她們？不管那個老爺爺是誰，
能到森林小屋探險，也夠刺激了，明天還可以
向同學炫耀呢。

　　聽說，後來也有好多同學去森林小屋探險，
可是，大野狼阿公都沒有露面。

失蹤的女孩

　　暑假後的第一個返校日，槿槿和庭庭從學校回家的途中，看見森林小屋前的田園有人和狗玩追球的遊戲。是兩個女孩，一般大，都紮著馬尾。槿槿想，誰這麼大膽在森林小屋前玩耍？

「嘿，妳們要一起玩嗎？」那個手上抱著球的女孩朝槿槿和庭庭招手。

一走近，槿槿發現，這兩個女孩長得好像，除了衣服的顏色不一樣外。

「我是璩璩，她是璜璜，我妹妹，我們是雙胞胎。」抱著球的女孩說。

這兩個雙胞胎女孩唯一可以辨認的是姐姐臉頰兩邊有一些雀斑，槿槿也把妹妹介紹給雙胞胎姐妹。

「妳們怎麼會在這裡玩？
這是大野狼阿公的家，很可怕的。」
庭庭有些害怕的拉著姐姐的手，
小心的問著。
「很可怕？
妳們怎麼知道這是大野狼阿公的家？」
璜璜抱起一隻白色的小狗，
好奇的看著槿槿。
「妳們不知道嗎？
大野狼阿公很可怕，他會吃小孩子的，
聽說有兩個小女孩被吃掉了。」
庭庭一面說，一面指著森林小屋裡面。
雙胞胎女孩聽了哈哈大笑。
然後邊笑邊喘著說：
「大野狼阿公是我們的外公，
他很好不會吃人的，我們就住在這裡。」
「那為什麼，他會被叫做大野狼阿公？」
槿槿還是有些懷疑。

璐璐請她們進入屋子裡面，她說進到屋子
就會知道了。

槿槿緊緊的牽著庭庭的手，小心的跟著
雙胞胎姐妹走進讓她們害怕一年多的森林小屋。

40

　　一進客廳，迎面是一片書牆，幾乎全都是
童話書。地上鋪著厚厚的地毯，四個橘子、
番茄、香蕉、草莓樣子的沙發椅，桌子是
蘑菇形狀，連牆壁上的燈也是小星星的樣子。
槿槿覺得好像走進童話故事裡面。

「這些椅子和電燈都是我阿公為我們做的喔，童話故事書是我媽媽買的，因為，我們不聽故事會睡不著覺，媽媽說，我們是故事蟲蟲，每晚要吃飽故事才睡得著。」璜璜一邊介紹，一邊請大家坐下。這時，一個胖胖的阿媽從橘子色的樓梯下來，對她們笑咪咪的說：

「啊，有客人來，歡迎，歡迎！我去拿餅乾和水果。」

「她是我們的外婆，她很喜歡請人吃東西，還有她做的餅乾很好吃喔。」璜璜指著轉身走進廚房的阿媽說。

最後，那個傳說中的大野狼阿公也下樓來，這時，他看起來並沒有像上次那麼兇。

他們圍坐在一起，一面吃餅乾一面聊天。

44

　　璿璿開始述說大野狼阿公的由來。

　　因為雙胞胎姐妹喜歡聽故事，每年來山下鎮過暑假，大野狼阿公不但製作各種形狀可愛的椅子，為了讓童話故事更生動，在阿媽講《小紅帽與大野狼》的故事時，還特地在門外扮成大野狼，「大野狼阿公」這個名字就是這樣來的。那兩個傳說被吃掉的女孩就是璿璿和璜璜，因為她們只有在暑假才會出現，開學後就回到水泥市上學，所以，被認為是失蹤了。至於，大狼狗，其實就是兩隻阿媽撿來的流浪狗。

槿槿和庭庭終於看見大野狼阿公開心的樣子，
完全不兇，和家裡的阿公一樣。
雙胞胎姐妹過了暑假就要讀國中，
以後的暑假很難有機會來山下鎮了，
她們希望槿槿和庭庭常來陪陪
大野狼阿公和胖胖阿媽。

「我ㄨㄛˇ阿ㄚ公ㄍㄨㄥ、阿ㄚ媽ㄇㄚ其ㄑㄧˊ實ㄕˊ很ㄏㄣˇ喜ㄒㄧˇ歡ㄏㄨㄢ小ㄒㄧㄠˇ孩ㄏㄞˊ，
只ㄓˇ是ㄕˋ有ㄧㄡˇ點ㄉㄧㄢˇ害ㄏㄞˋ羞ㄒㄧㄡ，
他ㄊㄚ們ㄇㄣˊ心ㄒㄧㄣ地ㄉㄧˋ很ㄏㄣˇ善ㄕㄢˋ良ㄌㄧㄤˊ，
而ㄦˊ且ㄑㄧㄝˇ很ㄏㄣˇ會ㄏㄨㄟˋ說ㄕㄨㄛ故ㄍㄨˋ事ㄕˋ喔ㄛ！
想ㄒㄧㄤˇ聽ㄊㄧㄥ故ㄍㄨˋ事ㄕˋ，就ㄐㄧㄡˋ來ㄌㄞˊ森ㄙㄣ林ㄌㄧㄣˊ小ㄒㄧㄠˇ屋ㄨ。」
璜ㄏㄨㄤˊ璜ㄏㄨㄤˊ指ㄓˇ著ㄓㄜ牆ㄑㄧㄤˊ上ㄕㄤˋ的ㄉㄜ故ㄍㄨˋ事ㄕˋ書ㄕㄨ對ㄉㄨㄟˋ槿ㄐㄧㄣˇ槿ㄐㄧㄣˇ和ㄏㄢˋ庭ㄊㄧㄥˊ庭ㄊㄧㄥˊ說ㄕㄨㄛ。

大野狼阿公也開心的說，歡迎槿槿和庭庭常來玩，胖胖阿媽邊說邊從書架上挑了四本故事書給槿槿和庭庭：「這裡有很多的故事書，隨時歡迎妳們來看。」槿槿和庭庭高高興興的走回家，也恨不得趕快回到家裡，跟媽媽說：我們看到大野狼阿公了！

52

如果_{ㄖㄨˊㄍㄨㄛˇ}，
你_{ㄋㄧˇ}們_{ㄇㄣ˙}是_{ㄕˋ}故_{ㄍㄨˋ}事_{ㄕˋ}蟲_{ㄔㄨㄥˊ}蟲_{ㄔㄨㄥˊ}，
歡_{ㄏㄨㄢ}迎_{ㄧㄥˊ}到_{ㄉㄠˋ}山_{ㄕㄢ}下_{ㄒㄧㄚˋ}鎮_{ㄓㄣˋ}，找_{ㄓㄠˇ}大_{ㄉㄚˋ}野_{ㄧㄝˇ}狼_{ㄌㄤˊ}阿_ㄚ公_{ㄍㄨㄥ}，
他_{ㄊㄚ}會_{ㄏㄨㄟˋ}用_{ㄩㄥˋ}故_{ㄍㄨˋ}事_{ㄕˋ}餵_{ㄨㄟˋ}飽_{ㄅㄠˇ}你_{ㄋㄧˇ}們_{ㄇㄣ˙}。

寫書的人

方　梓

方梓，臺灣花蓮人，本名林麗貞，文化大學大眾傳播系畢業，國立東華大學創作與英文文學研究所碩士。曾任消基會《消費者報導》雜誌總編輯、文化總會學術組企劃，現任《自由時報》自由副刊副主編。著有報導文學、散文集等。

畫畫的人

吳健豐

從小喜愛畫圖的吳健豐，高職美工科畢業後，就到卡通公司從事背景繪製，也為雜誌報刊畫過插圖，並為一些廣告與產品繪製海報。

為了滿足自己求知、求變的慾望，他曾投入室內與建築的設計工作。這個行業讓他學到很多東西，也因此發現自己真正想要的。

從事過那麼多的行業，吳健豐卻一直無法忘情對繪畫與生俱來的熱愛。他很高興現在又能把畫畫當工作，希望將來能做得更專業、繪製更多的作品與大家分享。

兒童文學叢書

童話小天地

榮獲新聞局第五屆圖畫故事類「小太陽獎」暨
第十八次中小學生優良課外讀物推介
文建會2000年「好書大家讀」活動推薦

丁伶郎　　奇奇的磁鐵鞋　　九重葛笑了

智慧市的糊塗市民　　屋頂上的祕密　　石頭不見了

奇妙的紫貝殼　　銀毛與斑斑　　小黑兔　　大野狼阿公

大海的呼喚　　土撥鼠的春天　　「灰姑娘」鞋店

無賴變王子　　愛咪與愛米麗　　細胞歷險記

童話的迷人，

正是在那可以幻想也可以真實的無限空間，

從閱讀中也為心靈加上了翅膀，可以海闊天空遨遊。

這一套童話的作者不僅對兒童文學學有專精，

更關心下一代的教育，

出版與寫作的共同理想都是為了孩子，

希望能讓孩子們在愉快中學習，

在自由自在中發展出內在的潛力。

——育元（名作家暨「兒童文學叢書」主編）

寂寞的天才
達文西之謎
嚴智民/著

放羊的小孩與上帝
喬托的聖經連環畫
喻麗清/著

石頭裡的巨人
米開蘭基羅傳奇
Michelangelo Buonarroti
喻麗清/著

光影魔術師
與林布蘭聊天說畫
莊惠瑾 著

孤傲的大師
追求完美的塞尚
翁永秀/著

兒童文學叢書
藝術家系列

榮獲新聞局第四屆人文類「小太陽獎」暨
第十七、十九次中小學生優良課外讀物推介
文建會1998、2001年「好書大家讀」活動推薦暨
1998年最佳少年兒童讀物

拿著畫筆當鋤頭
農民畫家米勒
陳永秀/著

思想與歌謠
克利和他的畫

畫家與芭蕾舞
粉彩大師 狄嘉
喻麗清/著

無聲的吶喊
孟克的精神世界
戴天禾/著

人生如戲
拉突爾的世界
嚴智民/著

藝術對孩子美學能力的啟迪是最直接的，

在《藝術家系列》中，我們得以透過文學家感性的文筆，

深入這些藝術家心靈的世界，經歷他們奮鬥的過程。

——鄭榮珍（作家）

用說故事的兒童文學手法來介紹十位西洋名畫家，故事撰
寫生動，饒富兒趣，筆觸情感流動，插圖及美編用心，整
體感覺令人賞心悅目。孩子們在一面欣賞藝術之美，同時
也能領略文字的靈動。

——「小太陽獎」得獎評語